A cidade dos chupa-tintas

Para Nathan, ou melhor, o "Pequeno número 6"...

O original desta obra foi publicado com o título
La cité des buveurs d'encre

© 2001, Éditions Nathan/VUEF, Paris, France,

© 2007, Livraria Martins Fontes Editora Ltda.,
São Paulo, para a presente edição.

Tradução
Ana Paula Castellani

Preparação
Eliane Santoro

Revisão
Regina L. S. Teixeira

Produção gráfica
Demétrio Zanin

Dados Internacionais de Catalogação na Publicação (CIP)
(Câmara Brasileira do Livro, SP, Brasil)

Sanvoisin, Éric
A cidade dos chupa-tintas / Éric Sanvoisin ; ilustrações de Martin Matje ; [tradução Ana Paula Castellani]. — São Paulo : Martins, 2007. — (Série Draculivro ; v. 3)

Título original: La cité des buveurs d'encre
ISBN 978-85-99102-42-8

1. Literatura infanto-juvenil I. Matje, Martin, 1962-2004.
II. Título. III. Série.

06-6943   CDD-028.5

Índices para catálogo sistemático:
1. Literatura infantil 028.5
2. Literatura infanto-juvenil 028.5

Todos os direitos desta edição para o Brasil reservados à
***Livraria Martins Fontes Editora Ltda.** para o selo **Martins**.*
Rua Conselheiro Ramalho, 330   01325-000   São Paulo SP Brasil
Tel. (11) 3241.3677   Fax (11) 3115.1072
info@martinseditora.com.br   www.martinseditora.com.br

Éric Sanvoisin

A cidade dos chupa-tintas

Ilustrações de Martin Matje

Tradução
Ana Paula Castellani

martins
Martins Fontes

um

O cemitério esburacado

CARMILLA e eu bebíamos tranqüilamente um livro com nosso canudinho para dois quando Draculivro entrou como se fosse um furacão em nossa cripta-sala-de-jantar.

— Meus filhos, aconteceu uma catástrofe! — bradou ele, antes de se desmantelar em seu caixão.

O caixão, muito velho e muito avariado, desabou fazendo um estrondo como o de um trovão.

— Fez dodói, titio? — perguntou-lhe Carmilla com um sorriso meigo.

Prensado entre os cavaletes e as tábuas de madeira quebradas, Draculivro praguejava como o próprio diabo. Sacudiu a poeira vociferando:

— Bem, pelo menos ainda estou inteiro!

Isso me fez lembrar meu primeiro encontro com o velho chupa-tinta. Tentando escapar dele, acidentalmente fiz o caixão dele cair no chão...

Naquela época, eu odiava ler. Eu, que tenho um pai dono de livraria, era a vergonha da família. Mas, ao me morder com seus dentes em forma de caneta-tinteiro, Draculivro me despertou o gosto pela tinta.

Hoje, assim como ele, bebo livros

com um canudinho. Sugo as histórias frase após frase como um glutão. É uma delícia! Quando elas deslizam pela minha boca, fazem cócegas na ponta da língua. Sinto o gosto de todas as aventuras. E que culpa tenho eu se as páginas se tornam brancas depois de terem sido bebidas?!

Ora sou um pele-vermelha em guerra contra os facas-longas. Ora, homem das cavernas, luto contra temíveis feras com dentes de sabre. Draculivro transformou de verdade minha vida...

Um ruído insólito trouxe-me bruscamente de volta à realidade. Era a ginástica que titio fazia para sair da posição ridícula em que estava. Uma vez de pé, soltou um longo riso cavernoso. Pensei que ele tivesse levado uma pancada na cabeça ao cair e que agora estava batendo os pinos.

— Está tudo bem, tio Draculivro?

Seu riso ficou prensado no fundo da garganta.

— Assim-assim, Odilonzinho. Mas, agora que meu caixão está desmontado, teremos menos dificuldades para mudar daqui...

— Mudar? — exclamou Carmilla, incrédula.

Draculivro olhou-nos com sua habitual expressão lúgubre.

— Essa é a catástrofe que eu vinha contar a vocês.

— Mas por quê? — gritamos em coro.

— Venham comigo, vou lhes mostrar uma coisa.

Seguimos nosso guia, que flutuava a dez centímetros do chão. Através das alamedas retas como se fossem ruas, largas como avenidas, ele nos conduziu até a entrada do cemitério. Ali, sobre o grande portão enferrujado, estava afixado um cartaz identificado com o brasão da cidade:

> COMUNICADO À POPULAÇÃO:
> POR MEDIDA DE SEGURANÇA
> ESTE CEMITÉRIO SERÁ TRANSFERIDO
> NO PRÓXIMO MÊS PARA UM
> LOCAL NOVO E DEFINITIVO.
> AGRADECEMOS A
> COMPREENSÃO DE TODOS.
> O PREFEITO.

— Você tinha razão, titio, é mesmo uma catástrofe — murmurou Carmilla.
A mão dela, que fora se refugiar na minha, parecia uma pedra de gelo.
Draculivro empostou sua voz de professor primário para explicar a situação.

— Embaixo de nosso cemitério passa uma linha de metrô. É como um verdadeiro pedaço de queijo suíço, cheio de buracos. Logo tudo vai desmoronar. Já imaginaram as manchetes dos jornais? "Mortos visitam os corredores do metrô!" É muito simples, meus filhos. Vamos embora também...

Puxa vida, todos os meus lindos planos caíam por terra! Naquela época, eu ainda morava com meus pais, em cima da livraria. Vinha visitar Carmilla às quartas-feiras e no fim de semana. Sonhava casar com ela e morar em seu cemitério.

Sabe, depois que me tornei o namorado de Carmilla, os livros têm um gosto melhor ainda! Com um canudinho com duas pontas, sugamos os livros em dueto. A tinta sobe por nosso canudinho com uma velocidade de dez palavras por segundo. Carmilla é mesmo a chupa-tinta da minha vida.

Às vezes sonho com ela à noite. E já me imagino papai de bebezinhos chupa-tintas, fabricando um canudinho para três, para quatro, para cinco... Essa história de mudança reduzia meus sonhos a mil pedacinhos...

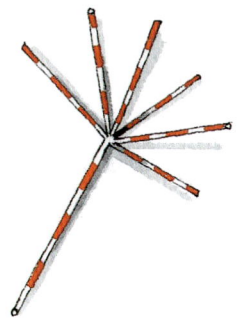

dois

Qual é seu plano milagroso, gênio Odilon?

Mudar parece fácil, mas não é! Para onde ir? E por quanto tempo? Comecei a andar em círculos em nossa cripta-sala-de-jantar como um peixinho em um aquário. Carmilla não tirava os olhos de mim, hipnotizada por minha manobra.

— Nossa situação não é nada nada agradável, crianças...

Draculivro tinha visitado o novo cemitério antes de vir anunciar a má notícia. Que azar!, o lugar era pequeno demais e não havia cripta. Éramos três, sem falar nos milhares de livros estocados em nossa despensa. Precisávamos de algo bem amplo.

— Certamente você tem uma idéia, tio Draculivro — proferi, confiante.

O chupa-tinta tossicou sem me olhar diretamente.

— Então, pensei que poderíamos nos mudar para a livraria do seu pai, enquanto não encontramos coisa melhor...

Notei meu reflexo no espelho que reinava sobre a penteadeira de Carmilla. Subitamente eu estava de uma cor quase violeta, cor de tinta que ficou muito tempo exposta ao sol.

— É loucura! Três caixões em uma livraria...

— Mas tem um porão embaixo da loja, não tem?

— Tem, mas é minúsculo. E você está se esquecendo do principal, tio Draculivro... Meu pai conhece todos os livros do estoque. Se ele encontrar um livro 'intruso', isso vai deixá-lo com a pulga atrás da orelha. Como vamos esconder dele nossa gigantesca despensa?

Draculivro franziu as sobrancelhas espessas.

— Se é assim, só nos resta abandonar nossas provisões aqui mesmo e beber os livros do seu pai...

Fiquei cor de tinta preta de tanta raiva.

— Mas isso é um crime! Se tocarmos em uma única página dos livrinhos do papai, ele morre!

Diante da minha determinação, Draculivro deu marcha a ré.

— Eu estava brincando, Odilon. Sou um velho chupa-tinta cansado. A verdade é que eu não tenho a menor idéia do que fazer. E todavia é preciso encontrar uma saída até amanhã...

A situação era grave.

— E se nos mudássemos para a biblioteca municipal? É maior que uma livraria. Ali deve ser fácil permanecer incógnito.

— Você diz qualquer coisa mesmo, Carmilla! Não passaríamos muito tempo despercebidos. É um lugar público onde circula muita gente. Seria necessária uma biblioteca com milhões de livros e centenas de salas para escondê-los. Ora, isso não existe.

— Já que você é tão esperto, encontre uma solução e nós obedeceremos!

Olhei-a com um sorriso sedutor.

— Tenho uma, veja só.

— Qual é sua idéia, Odilon querido? Qual é seu plano milagroso, gênio Odilon?

Fiz silêncio durante alguns segundos para saborear melhor meu triunfo.

— Vamos mudar de cemitério...

Carmilla debochou delicadamente. Senti que ela estava prestes a reduzir minha idéia a peças que não se encaixam. Fiquei na expectativa.

— Vê-se que você é um chupa-tinta novato, sem experiência — interrompeu ela. — Senão você saberia que os velhos vampiros como titio Draculivro não podem se afastar mais de um quilômetro de seu cemitério de origem sob pena de secar, virar pó e desaparecer.

— Mas nós podemos, não podemos? — redargüi, envergonhado.

— Você não está pensando em abandonar o titio, não é?

Eu estava de tal maneira fora de mim que quase respondi: 'Por que não?'. Em vez disso, saí da cripta batendo o portão de entrada. Precisava respirar ar fresco para pensar com mais clareza. Enquanto me afastava, ouvi Carmilla gritar:

— Se não encontrarmos uma solução até esta noite serei obrigada a voltar para a casa dos meus pais! É isso o que você quer?

Uma tristeza profunda me invadiu. Carmilla estava morando com o tio para continuar os estudos, pois sua família vivia em um cemitério isolado no meio das montanhas. Nunca papai me permitiria viajar milhares de quilômetros para visitá-la. E, depois, o que seria do velho e querido titio Draculivro?

Saí do cemitério com o coração pesado. Meu espírito estava se afundando na escuridão, mas procurava desesperadamente algum sinal de cores. Só me restava uma solução: pôr a imaginação para funcionar, inventar um futuro melhor esperando que ele acabasse por influenciar a realidade.

Fui seguindo meus pés. Eu não sabia para onde eles estavam me levando...

três

Tinta sob as pontes

Caminhei ao longo do cais do rio que corta nossa cidade de uma ponta à outra. A contemplação de toda aquela água me trazia um pouco de conforto. Comecei a imaginar um rio de tinta jorrando de uma biblioteca monumental. As palavras de milhões de romances se despejavam a meus pés. Eu só precisava me abaixar para petiscar um pouquinho aqui, um pouquinho acolá.

Qual seria o real efeito de beber vários livros ao mesmo tempo? Eu já sabia que gosto tinha compartilhar um livro a dois. Mas absorver dois livros de uma vez, uma frase de um, um parágrafo de outro, isso deveria realmente ser incrível.

De repente, comecei a dançar na rua, de tanto que essa idéia me entusiasmava.

Era... Era como engolir duas vezes mais aventuras, mais medo, mais alegria e mais riso! Começar a cavalo na pele de um caubói, depois continuar a bordo de um foguete no corpo de um astronauta. Usar ora um chapéu, ora um escafandro. Perseguir um índio antes de capturar um perigoso extraterrestre! E por que não misturar duas histórias? Morar numa barraca perdida em pleno espaço sideral ou atacar

uma diligência com uma pistola a laser...

Nada mais simples: era só usar o canudinho para dois ao contrário!

Confesso que todas essas idéias fizeram minha cabeça rodar. Resisti à tentação de mergulhar nas águas de tinta fresca do rio. Tinha vontade de ali me afogar para beber até não ter mais sede...

Depois o sonho se evaporou. O rio voltou a ser água. A raiva voltou a se aninhar em minha cabeça. E me peguei maldizendo os chupa-tintas. A maior parte dos meus problemas se devia a eles. No famoso dia em que Draculivro desembarcou na livraria do meu pai, eu era tão ingênuo. Achava que um canudinho servia apenas para tomar limonada...

Só de raiva, dei um chute numa pedra e, seguindo-a com os olhos, uma visão fugitiva cortou minha respiração: era uma torre imensa, maior que a torre Eiffel, mais alta que o Empire State, uma torre em forma de livro entreaberto... Como ela me intrigava! Eu não me lembrava de tê-la visto antes. Ela se erguia diante de mim, surgida do nada.

Toda a minha raiva desapareceu, diluída pela aparição mágica do edifício gigantesco. Seria um sinal do céu enviado pessoalmente pelo deus dos chupa-tintas?

quatro

Uma múmia num caixão pequeno demais

Quando voltei ao cemitério, caía a noite sobre a cidade. Carmilla saltou para cima de mim como uma louca!

— Onde você estava? Achei que você havia nos abandonado! Que você não me amava mais!

Sacudi os ombros, mas ela não deu chance para eu me explicar.

— Você está se dando conta de que

nos resta só uma noite para nos mudar e que continuamos sem saber para onde ir? Se você visse titio Draculivro, ele está num estado inacreditável...

Desci ao interior da cripta para constatar a extensão dos estragos. Deitado no caixão de Carmilla, pequeno demais para ele, os braços sobrando de um lado, as pernas do outro, Draculivro parecia estar todo ressecado. Acariciei seu rosto. Era como um papel velho embolorado.

De imediato tive medo. Ele não se mexia mais. Parecia uma múmia.

— Tio Draculivro!

Diante daquela preocupante falta de vida, eu o sacudi. Sua única reação foi um interminável estremecer de folha amassada.

Carmilla chegou atrás de mim. Seu silêncio pesado me causou o mesmo

efeito de uma condenação à morte. Eu sabia o que, no fundo, ela estava pensando: 'Se Draculivro está nesse estado lamentável, é culpa sua. Se não sabemos para onde ir, também é culpa sua. Tudo é culpa sua!'.

Como ela estava enganada!

Debrucei-me sobre o chupa-tinta para murmurar algo ao seu ouvido. Um segredo...

Ele abriu um olho injetado de tinta vermelha. Mas no azul ultramarinho de sua íris vi que ele estava voltando à vida. Desamassou suas bochechas de papel com a palma da mão, acariciou os lábios transparentes com a ponta da língua pontuda e sentou-se desajeitadamente no caixão da sobrinha. A madeira gemeu, os ossos dele estalaram.

— Acho que é bastante interessante, meu menino.

Com a graça de um jovenzinho, Draculivro saltou daquele caixãozinho emprestado. Eu havia conseguido lhe devolver o gosto pela vida!

— Esperem um minuto! — Carmilla miou de repente.

Suas bochechas estavam vermelhas como fogo. Os cabelos ondulavam acima da cabeça como um ninho de serpentes.

— Vocês não vão sair assim dessa, não, vocês dois! Quem cochicha o rabo espicha!

Depois do jeito pouco amável com que ela havia me acolhido momentos antes, eu estava me roendo de vontade de lhe dar o troco.

— Tio Draculivro, você acha que podemos confiar nela?

O velho chupa-tinta coçou o queixo calmamente.

— Não sei, meu pequeno Odilon. Ela não parece estar em seu estado normal. Você é quem sabe.

— Ai, odeio vocês dois!

Ela se atirou sobre mim. Esquivei-me de sua unhada antes de segurá-la pelos pulsos. Sentia que ela estava tão furiosa que seu nome, gravado em meu braço, estava começando a fazer minha pele arder.

— Carmilla, minha doce metade, vamos abandonar este lugar para sempre. Esta tarde descobri um tesouro. A biblioteca gigante com a qual eu sonhava esta manhã existe, e a dois passos daqui...

cinco

Tenho uma história para contar a vocês...

Amontoamos os pedaços do caixão de Draculivro dentro do caixão de Carmilla, depois equilibramos tudo em cima do meu. O chupa-tinta numa ponta, Carmilla e eu na outra, levantamos nossa mobília e partimos passo a passo rumo a nossa nova morada.

À medida que nos aproximávamos, minha euforia aumentava. As palavras começavam a sair sozinhas de minha boca.

— É uma biblioteca gigante que se chama Biblioteca do Mundo — comecei.

— Que lindo! — exclamou Carmilla, admirando as paredes de vidro que brilhavam com mil reflexos sob a lua cheia.

— Você consegue imaginar, tio Draculivro? — continuei. — O interior dela contém centenas de cômodos e de lugares para se esconder, e sobretudo milhões de livros para devorar. É o paraíso dos chupa-tintas, adultos e crianças!

— Estou esperando para ver — resmungou titio.

— O que é aquele terreno diante da torre? — perguntou-me Carmilla, intrigada. — Tem umas árvores ali...

— Sim, meu docinho, e também há flores e bancos públicos. É um jardim maravilhoso para os apaixonados. O que você acha? Podemos usar nosso canudinho para dois em meio ao canto dos pássaros e ao farfalhar das árvores...

Minha noivinha estava enfeitiçada. Em seus olhos arregalados eu podia admirar magníficos pedaços de céu azul. Já Draculivro continuava prudente.

— Temo que este prédio seja moderno demais para mim.

— Não faça essa cara de quem comeu e não gostou, titio! Aqui você estará em segurança. A biblioteca gigante fica a 999 metros do seu antigo cemitério!

Esse argumento o tranqüilizou. Ele não ia se desmanchar em pó...

— Se é assim, então vamos lá! Esse pequeno passeio me deu uma sede terrível.

Então, surpresa: ele acelerou o passo!

Começamos por explorar a torre e nos perdemos diversas vezes. Depois amontoamos os três caixões em um elevador e, imprensados como sardinhas, apertamos o botão para o último andar. Mas quando a porta se abriu diante de nós...

— Aaaaaaahhhh!

O grito de medo de Carmilla me apavorou. Em minha precipitação para prestar socorro a ela, tropecei, e os caixões acabaram caindo uns por cima dos outros. Prensado entre as tábuas de madeira e o carpete, a primeira coisa que vi foi um par de botas. Elas pertenciam a um segurança...

Levantei-me com a ajuda de Carmilla, que tremia como vara verde. Que choque! Mas o pior era a atitude do guarda. Imóvel, mudo. O que ele estava esperando para nos dar o golpe de misericórdia?

Draculivro olhava para ele, petrificado. Discretamente, comecei a recuar na direção da porta que dava para a escada de serviço.

— Não fujam! — gritou o segurança no momento em que eu me preparava para me atirar no poço da escada. — Tenho uma história para contar a vocês. Acho que vão se divertir.

E ele se abriu num enorme sorriso.

— Eu me chamo Serge Boudon. Antigamente era livreiro. Então um dia um cliente muito estranho entrou em minha loja. Ele se chamava... Draculivro. Em pouco tempo, acabei

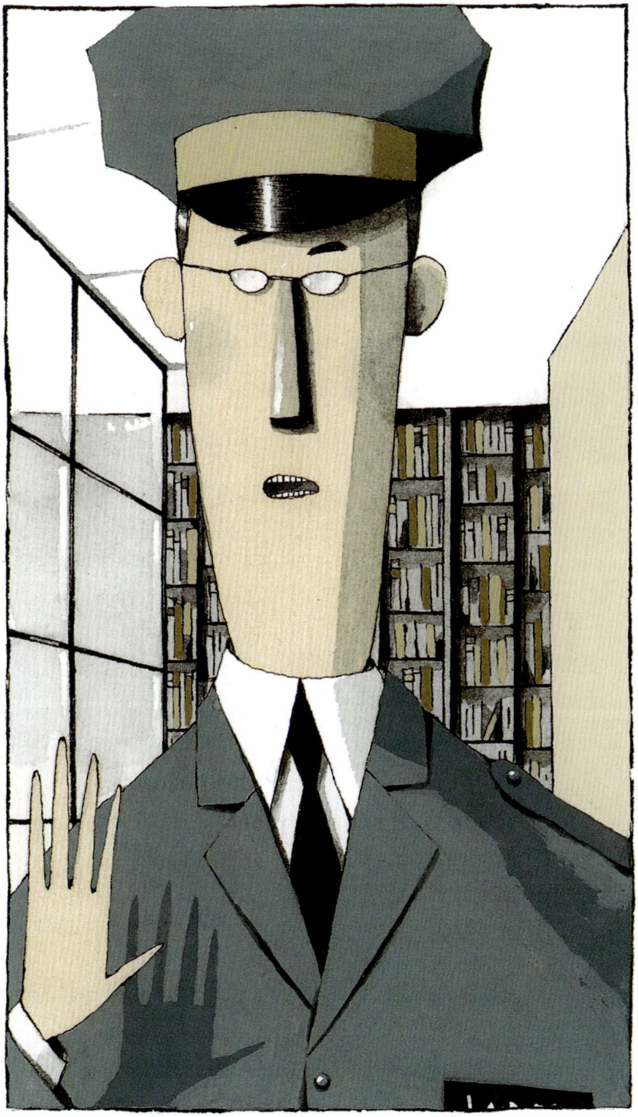

tendo de vender minha livraria, pois eu passei a consumir os livros em vez de vendê-los. Mas não me arrependo de nada...

De repente, titio Draculivro cacarejou uma risadinha ao finalmente reconhecer Serge.

— Aqui vocês estão em casa — prosseguiu o ex-livreiro. — Sem querer, vocês entraram em Draculândia, a cidade dos chupa-tintas. Venham, vou lhes mostrar nosso pequeno reino...

Tomei a mão de Carmilla e também a de tio Draculivro e seguimos Serge nas entranhas da Biblioteca do Mundo...

Sob o estacionamento, descobrimos um espaço extraordinário, escavado pelos chupa-tintas. Ali, diante de nossos olhos espantados, estendia-se um cemitério subterrâneo que estranhamente se parecia com o de titio. Só era

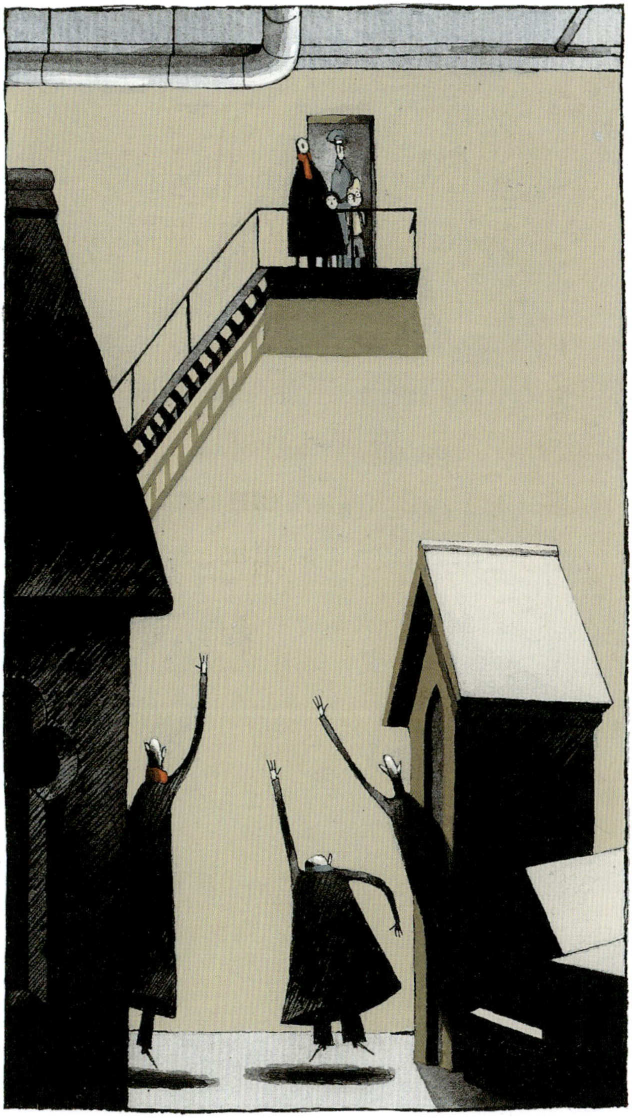

um pouco menor e iluminado por lâmpadas halógenas, por falta de luz do sol e de luar.

Draculivro abaixou-se para pegar um punhado de terra no chão e observá-la mais de perto.

— Mas...

— Sim — confirmou Serge —, é a mesma terra de lá. Nós a transportamos em baldes durante vários meses. Assim, nenhum de nós corre o risco de ressecar. Sabíamos que mais dia menos dia vocês acabariam aqui...

Percebi então que na cabeça do velho chupa-tinta ainda faltava um detalhe para ele ficar completamente feliz. Murmurei algumas palavras ao ouvido de Carmilla. Depois saímos correndo.

— Aonde vocês vão?

— Buscar seu caixão para consertá-lo. Você precisa descansar e não tem mais idade para fortes emoções!

Ele balbuciou algumas palavras que preferíamos não ter ouvido. Titio e senso de humor são duas coisas que não combinam. Na verdade, eu tinha outra idéia em mente. Apenas Carmilla estava a par. Não sem razão... Eu havia proposto a ela construirmos um caixão para dois!

Sumário

um

O cemitério esburacado 5

dois

Qual é seu plano milagroso, gênio Odilon?........................... 13

três

Tinta sob as pontes 21

quatro

Uma múmia num caixão pequeno demais....................... 27

cinco

Tenho uma história para contar a vocês... 33

Éric Sanvoisin

É um autor estranho: adora sugar, com um canudinho, a tinta das cartas que os leitores lhe mandam. Foi assim que ele teve a idéia de escrever esta história. Ele está convencido de que aqueles que lerem este livro se tornarão seus irmãos de tinta, assim como existem irmãos de sangue. Se você escrever para ele, ele vai lhe enviar um canudinho... Promessa é dívida; se ele mentir vai pro inferno!

Martin Matje

Se existe um exercício que lhe causa antipatia é escrever uma biografia. Contar uma vida nunca é coisa divertida. Então não importa se é um pequeno livro ou um grande dicionário, esta biografia não tem nada de extraordinário!

1ª edição Abril de 2007 | **Diagramação** Pólen Editorial
Fonte Times 16/20,45 | **Papel** Couche Reflex Matte
Impressão e acabamento Corprint Gráfica e Editora Ltda.